¡Gracias por escribir estos maravillosos libros! He aprendido mucho sobre historia y el mundo que me rodea.
—Rosanna

La casa del árbol *marcó los últimos años de mi infancia. Con sus riesgosas aventuras y profunda amistad, Annie y Jack me enseñaron a tener valor y a luchar contra viento y marea, de principio a fin.* —Joe

*¡Las descripciones son fantásticas! Tienes palabras para todo, salen a borbotones, ¡oh, cielos!… ¡*La casa del árbol *es una colección apasionante!* —Christina

Me gustan mucho tus libros. Me quedo despierto casi toda la noche leyéndolos. ¡Incluso los días que tengo clases!
—Peter

¡Debo de haber leído veinticinco libros de tu colección! ¡Leo todas las aventuras de La casa del árbol *que encuentro!* —Jack

Jamás dejes de escribir. ¡¡Si ya no tienes más historias que contar, no te preocupes, te presto mis ideas!! —Kevin

¡Los padres, maestros y bibliotecarios también adoran los libros de La casa del árbol®!

En las reuniones de padres y maestros, La casa del árbol es un tema recurrente. Los padres, sorprendidos, cuentan que, gracias a estos libros, sus hijos leen cada vez más en el hogar. Me complace saber que existe un material de lectura tan divertido e interesante para los estudiantes. Con esta colección, usted también ha logrado que los alumnos deseen saber más acerca de los lugares que Annie y Jack visitan en sus viajes. ¡Qué estímulo maravilloso para hacer un proyecto de investigación! —Kris L.

Como bibliotecaria, he recibido a muchos estudiantes que buscan el próximo título de la colección La casa del árbol. Otros han venido a buscar material de no ficción relacionado con el libro de La casa del árbol que han leído. Su mensaje para los niños es invalorable: los hermanos se llevan mejor y los niños y las niñas pasan más tiempo juntos. —Lynne H.

A mi hija le costaba leer pero, de alguna manera, los libros de La casa del árbol la estimularon para dedicarse más a la lectura. Ella siempre espera el nuevo número con gran ansiedad. A menudo la oímos decir entusiasmada: "En mi libro favorito de La casa del árbol leí que…". —Jenny E.

Cada vez que tienen oportunidad, mis alumnos releen un libro de La casa del árbol *o contemplan los maravillosos dibujos que allí encuentran. Annie y Jack les han abierto la puerta al mundo de la literatura. Y sé que, para mis estudiantes, quedará abierta para siempre.* —Deborah H.

Dondequiera que vaya, mi hijo siempre lleva sus libros de La casa del árbol. *Jamás se aparta de su lectura, hasta terminarla. Este hábito ha hecho que le vaya mucho mejor en todas sus clases. Su tía le prometió que si él continúa con buenas notas, ella seguirá regalándole más libros de la colección.* —Rosalie R.

LA CASA DEL ÁRBOL® #31
MISIÓN MERLÍN

El verano de la serpiente marina

Mary Pope Osborne

Ilustrado por Sal Murdocca

Traducido por Marcela Brovelli

LECTORUM
PUBLICATIONS, INC.

Spanish translation©2016 by Lectorum Publications, Inc.
Originally published in English under the title
SUMMER OF THE SEA SERPENT
Text copyright©2004 by Mary Pope Osborne
Illustrations copyright ©2004 by Sal Murdocca
This translation published by arrangement with Random House Children's Books,
a division of Random House, Inc.

MAGIC TREE HOUSE®
Is a registered trademark of Mary Pope Osborne, used under license.

Cataloging-in-Publication Data has been applied for and may be obtained from the Library of Congress.
....
ISBN 978-1-63245-534-5
Printed in the U.S.A
10 9 8 7 6 5 4 3 2 1

*Para Susan Sultan y Kathy Reynolds,
mis guías de la Ensenada Selkie.*

Queridos lectores:

El verano de la serpiente marina es el tercer libro de este conjunto especial, llamado "Misión Merlín", dentro de la colección La casa del árbol. En estas aventuras, es el mago Merlín el encargado de enviar a Annie y a Jack a tierras fantásticas y legendarias en la casa del árbol.

En la primera misión, *Navidad en Camelot*, Annie y Jack viajan a un mundo de magia y fantasía en busca de un caldero secreto que contenía el Agua de la Memoria y la Imaginación.

En la segunda misión, <u>Un castillo embrujado en la noche de Halloween</u>, Annie y Jack viajan con su amigo Teddy a un misterioso castillo para recuperar el Diamante del Destino, que salvará el futuro de Camelot.

Ahora, ocho meses después, el primer día de verano, los pequeños de Frog Creek están a punto de partir a una costa solitaria, en una tierra de fantasía. Ellos quieren que los acompañes en esta aventura pero cuidado, antes del anochecer, sucederán cosas muy extrañas...

Mary Pope Osborne

ÍNDICE

…La espada del rey Arturo, Excálibur,
forjada por la solitaria Dama del Lago,
por nueve años en las profundidades,
al pie de colinas escondidas.

Alfred Lord Tennyson
Idilios del Rey

CAPÍTULO UNO

Solsticio de verano

Jack estaba leyendo el periódico. Era un cálido día de verano pero en el porche corría la brisa fresca.

Annie asomó la cabeza por la puerta.

—Mamá dijo que esta tarde nos llevará al lago —comentó.

Jack no apartó la vista de la página del pronóstico del tiempo.

—¿Sabías que hoy es el solsticio de verano? —preguntó.

—¿Qué es eso? —quiso saber Annie.

—Es el comienzo oficial del verano, el día más largo del año —explicó Jack.

—¡Genial! —contestó Annie.

—A partir de mañana, los días irán acortándose —agregó Jack.

De pronto, se oyó un intenso chirrido.

—Mira, una gaviota —dijo Anine mirando hacia arriba.

Jack observó la enorme ave blanca, que volaba en círculos bajo el sol intenso del mediodía.

—¿Qué hace aquí? El océano está a dos horas —comentó él.

La gaviota voló en picado y volvió a chirriar.

—¿Será una señal? —preguntó Annie—. Quizá la mandó Morgana o Merlín para que vayamos a la casa del árbol.

El corazón de Jack se aceleró.

—¿Estás segura? —le preguntó a su hermana.

Había empezado a creer que la casa mágica jamás regresaría. Annie y Jack no habían vuelto a verla desde la última vez que viajaron en ella a un castillo embrujado la noche de Halloween para cumplir la misión que el mago Merlín les había pedido.

—Mira, la gaviota voló hacia el bosque —comentó Annie.

Jack se paró de un salto.

—Está bien, vayamos para allá —agregó.

—¡Mamá, volveremos enseguida! —dijo Annie. De inmediato, atravesaron el jardín y corrieron calle abajo hasta el bosque de Frog Creek.

En la inmensa arboleda el aire se sentía fresco y puro. Atravesando árboles y arbustos, Annie y Jack avanzaron velozmente, hasta que se toparon con el roble más alto del bosque. En la copa, la casa mágica estaba esperándolos.

—¡Uau! —exclamaron. La pequeña casa de madera se veía igual que siempre.

Annie se agarró de la escalera colgante y empezó a subir. Jack la seguía un poco más abajo. Al entrar, notaron que nadie estaba esperándolos.

—Mira, la Invitación Real aún está aquí —comentó Annie. Y levantó el trozo de papel que los había llevado a Camelot la víspera de Navidad.

—Y también la hoja seca que nos dio Merlín —agregó Jack, agarrando la hoja amarilla que los había enviado a la misión Halloween.

—Esta es nueva —dijo Annie alzando una concha de color azul pálido que tenía un mensaje escrito.

—¡Parece que es la letra de Merlín! —agregó Annie—. ¡Seguro que tiene una misión nueva para nosotros! Y leyó el mensaje:

Para Annie y Jack, de Frog Creek:
En este solsticio de perano irán a una
tierra perdida en la niebla en una época
anterior a Camelot. Sigan mis rimas y
podrán completar la misión.
—M.

Annie observó la concha.

—¿Dónde está la rima? —preguntó.

—Déjame ver —Cuando Jack volteó la concha encontró un poema:

"Antes del anochecer, en este día de verano,
una espada luminosa deberá estar en sus manos,
fuera de la oscuridad ha de hallar su camino
o el Rey de Camelot tendrá un negro destino.
En busca de la Espada de la Luz ustedes irán,
la ayuda del Caballero Acuático recibirán.
Por la cueva de la Reina Araña pasarán..."

—¿Reina araña? —interrumpió Annie. A lo único que le tenía miedo era a las arañas.

—No pienses en eso ahora —recomendó Jack—. A ver... ¿qué más dice aquí?

"...por la cueva de la Reina Araña pasarán,
y con una selkie, vestida de verde, nadarán.
En la ensenada de la Costa Tormentosa
deberán entrar,
bajo el manto del Fantasma Gris
se sumergirán".

Jack se detuvo.

—¿Fantasma Gris? —preguntó.

—No pienses en eso ahora —recomendó Annie—. Vamos, sigue leyendo.

"Respondan a la pregunta con amor,
no con temor.
Con la espada y una rima
el fin de la misión se aproxima".

Jack y Annie se quedaron en silencio.

—Tenemos que hacer todo antes del anochecer —dijo finalmente Jack.

—Sí —agregó Annie—, lo que me preocupa es la parte de la araña.

—Y a mí la parte del fantasma —comentó Jack.

—¡Pero si vamos a otra misión de Merlín, seguro que Teddy nos acompañará! Él podrá ayudarnos a pasar por las partes que nos dan miedo —dijo Annie.

—Correcto —dijo Jack. Oír el nombre del niño mago le dio coraje.

—Entonces… ¿Adelante? —preguntó Annie.

Adelante era la palabra favorita de Teddy.

—¡Adelante! —exclamó Jack, señalando las letras de la concha.

—¡Deseamos ir a los tiempos anteriores a Camelot!

El viento comenzó a soplar.

La casa del árbol empezó a girar.

Más y más fuerte cada vez.

Después, todo quedó en silencio.

Un silencio absoluto.

CAPÍTULO DOS

El Caballero Acuático

Una brisa salada entró en la casa del árbol. En el cielo, las gaviotas chillaban sin cesar. Annie y Jack se asomaron a la ventana.

Habían aterrizado en la copa de un árbol viejo y deforme, al pie de un acantilado. Atrás, se veían altas cumbres nevadas que daban hacia una costa rocosa. Por ningún lado se veían señales de vida humana.

—Parece un lugar abandonado —dijo Annie.

—*Cierto*. ¿Dónde estarán Merlín y Teddy? —preguntó Jack.

—No sé —contestó Annie—. La última vez que los vimos estaban en el tronco de nuestro árbol. Vayamos a ver si están en este. —Annie bajó por la escalera colgante.

Jack se guardó la concha en el bolsillo y siguió a su hermana.

—¡Merlíííín! ¡Teeeddyyy! —gritó Annie.

Ella y Jack examinaron el tronco retorcido del viejo árbol, pero no descubrierron ninguna puerta de acceso a la morada del mago Merlín. Volvieron a revisar el tronco y Jack tocó la corteza en varios lugares.

—Me de la impresión de que aquí dentro no vive nadie —comentó Annie.

—Creo que tienes razón —añadió Jack.

—Veamos si están allá abajo, en la playa —sugirió Annie.

Con mucho cuidado, se acercaron al borde del acantilado y ambos miraron hacia abajo. En la costa se veían tres pequeñas ensenadas separadas entre sí por murallas rocosas. Cada muralla estaba llena de riscos sombríos y cuevas con entradas oscuras.

En la primera ensenada, el agua del mar abierto entraba por un pequeño espacio entre los acantilados hasta una playa pedregosa. La luz del sol iluminaba el agua y la hacía billar.

La segunda ensenada era más pequeña, pero muy similar a la primera.

La tercera era diferente. Era la más alejada y estaba rodeada de verdes colinas. Una neblina blanca y ligera flotaba por encima de las aguas de un verde lechoso.

—No veo señales de ninguno de los dos —dijo Jack—. Creo que tendremos que empezar sin ellos.

—Lee el principio de la rima —dijo Annie.

Jack sacó la concha del bolsillo y leyó en voz alta:

"*Antes del anochecer, en este día de verano,*
la espada luminosa deberá estar en sus manos,
fuera de la oscuridad ha de hallar su camino
o el Rey de Camelot tendrá un negro destino".

Jack miró el cielo. Tenía el sol justo sobre la cabeza.

—Debe de ser casi mediodía —comentó.

—No tenemos mucho tiempo —añadió Annie—. ¿Qué es lo primero que haremos?

Jack volvió a mirar la rima y empezó a leer:

En busca de la Espada de la Luz ustedes irán,
la ayuda del Caballero Acuático recibirán.

—Ah, qué fácil —dijo Annie.

—¿Te parece? —preguntó Jack.

—Claro —contestó Annie—. Si se trata de un caballero acuático, seguro estará debajo del mar. —Annie se dirigió a la rocosa colina, que daba a la ensenada más cercana.

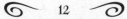

Jack se guardó la concha en el bolsillo.

—¿Pero quién es el Caballero Acuático? —gritó mientras caminaba detrás de su hermana.

—Eso no importa —contestó Annie—. Sólo tenemos que bajar hasta la orilla y pedirle que nos ayude.

Camino a la ensenada, tuvieron que atravesar enormes rocas muy resbaladizas, pero Jack se mantuvo firme gracias que llevaba zapatos deportivos. Con la brisa húmeda del mar, sentía la piel y la ropa pegajosas.

Al llegar a la playa, Jack limpió sus lentes empañados y miró a su alrededor. La extensa playa estaba cubierta de piedras plateadas, conchas y cordones de espuma marina. Zarapitos y gaviotas picoteaban las húmedas marañas de algas marinas.

—La marea debe de estar baja —comentó Jack y observó los acantilados de la ensenada—. No sé cómo hará un caballero para bajar por aquí. Un caballo jamás podría atravesar todas esas rocas.

—Hagamos lo que dice la rima y veamos qué sucede —dijo Annie.

Estiró los brazos, cerró los ojos, levantó la cabeza hacia al cielo y gritó:

—¡Oh, Caballero Acuático, quienquiera que seas, ven aquí y ayuda a Annie y a Jack!

—Cielos —Jack murmuró para sí.

De repente oyeron los chirridos salvajes de las gaviotas.

—¡Jack, mira! —dijo Annie, señalando hacia el centro de la ensenada.

Aves marinas chirriaban y revoloteaban por encima de un remolino gigante de espuma que giraba justo sobre la superficie del agua y se acercaba a la costa.

—¡Uau! —exclamó Annie y salió corriendo por la arena.

—¡Vuelve acá! —gritó Jack.

—¡No! ¡Ven, *mira!* —agregó Annie.

Jack se apuró para alcanzarla.

Por encima del agua, en medio de la espuma

desdibujada por el viento, divisó el yelmo plateado de un caballero y su armadura. Sobre la superficie, apareció una extraña criatura que llevaba en su lomo al caballero.

El extraño ser tenía cabeza, cuello y patas delanteras de caballo y una larga cola de pez plateada. Con el caballero sobre el lomo, la criatura avanzó por la ensenada con su andar exótico mitad nadando y mitad galopando. Las gaviotas la seguían hacia la orilla revoloteando y chirriando enloquecidas.

Al aproximarse a la arena, el caballero miró fijo a Annie y a Jack y, con la mano enfundada en su guante, hizo una seña para que los niños se acercaran a él.

—¡Está bien, ya vamos! —gritó Annie. Y se quitó las zapatos.

—¡Espera! ¡Debemos pensar! —gritó Jack.

—¡No hay tiempo! —contestó Annie—. Vino a ayudarnos, igual que el ciervo que encontramos en Camelot.

—No, no lo creo. ¡Él es muy raro! —comentó Jack.

Pero Annie tiró los zapatos contra las rocas y corrió hacia la orilla. El Caballero Acuático estiró el brazo y la ayudó a montar en la rara criatura que salpicaba agua sin parar, azotando las olas con su inmensa cola.

—¡Vamos, Jack! ¡No podemos perder tiempo! —gritó Annie.

"Annie tiene razón", pensó Jack. Tenían que encontrar la Espada de la Luz antes del anochecer. Rápidamente, Jack se sacó los zapatos, los tiró contra las rocas y avanzó por el agua hacia el caballero.

Annie ayudó a su hermano a montar en el extraño corcel marino. Jack se sentó sobre la escamosa cola y se agarró de su hermana. Y Annie se agarró con todas sus fuerzas a la túnica del Caballero Acuático.

La pesada cola plateada golpeó el agua y una lluvia salada cayó sobre Jack.

—Adelante —exclamó él, casi sin voz.

El caballero volvió la espalda a la costa para partir. El extraño corcel, entre galopes y golpes de cola, avanzó por la ensenada. Las gaviotas los seguían de cerca revoloteando y chirriando salvajemente.

En medio de saltos y sacudidas Jack se agarró de su hermana. Cerró los ojos con fuerza y trató de mantenerse firme para no caer.

Así, fueron ganando velocidad. El caballero guiaba el andar continuo de su corcel sobre las olas. Pronto, el agitado galope fue tornándose más suave.

—¡Esto es genial! —gritó Annie.

Jack abrió los ojos. El viento y el agua le acariciaban la cara y el pelo. De pronto, su miedo fue transformándose en emoción.

—¡Seguro que nos llevará a buscar la Espada de la Luz! —gritó Annie—. ¡Cumpliremos nuestra misión en un abrir y cerrar de ojos!

"Eso sería demasiado fácil", pensó Jack. Pero al ver que ganaban velocidad, empezó a tener esperanzas. *"Tal vez Annie tenga razón. Quizá esta misión sea sencilla."*, pensó. *"Después de todo, no todas tienen que ser difíciles. Pero, aún falta una parte de la rima…".*

De pronto, el corcel marino se detuvo y se alzó en dos patas. Annie y Jack resbalaron por la cola de la criatura y cayeron al agua fría.

Ambos se hundieron, pero enseguida subieron

a la superficie pataleando para mantenerse a flote.

El caballero señaló en dirección a una pila de rocas, al pie de un acantilado próximo a ellos. Luego, se despidió saludando con la mano y separando los dedos.

—¡Adiós! ¡Muchas gracias! —gritó Annie.

El corcel marino agitó su cola de pez contra la superficie y se despidió salpicando espuma y agua salada. Con decenas de gaviotas por encima, la misteriosa criatura y su jinete se alejaron hacia el mar abierto. Rápidamente, desaparecieron sobre las aguas.

CAPÍTULO TRES

La cueva de la Reina Araña

Olas pequeñas bañaban la ensenada mientras Annie y Jack nadaban hacia el pie del acantilado. Luego, ambos se tiraron sobre las rocas para secarse al sol y recuperar el aire.

—¡Nuestro paseo estuvo genial! —dijo Annie.

—Sí, pero… ¿por qué el caballero nos dejó tirados aquí? ¿Ahora qué haremos? —preguntó Jack.

—Lee la rima —sugirió Annie—. ¿Qué sigue después de pedirle ayuda al Caballero Acuático? —preguntó Annie.

Jack sacó la concha del bolsillo y leyó la rima en voz alta:

"En busca de la Espada de la Luz ustedes irán, la ayuda del Caballero Acuático recibirán.

Por la cueva de la Reina Araña pasarán..."

—Ah... Perfecto —exclamó Annie respirando hondo—. ¡La Reina Araña...!

—No te preocupes. Tal vez se trata de una mujer y ese es su apodo —añadió Jack.

—Pero, ¿y si ella es mitad araña y mitad mujer? —preguntó Annie—. ¿Como el Rey Cuervo que era mitad hombre, mitad cuervo?

Jack se estremeció al recordar al monstruo de la última misión encomendada por Merlín.

—No pienses en eso —dijo—. El tiempo corre. ¡Busquemos la cueva!

Annie asintió y sonrió valientemente.

—De acuerdo, tienes razón —contestó.

Ambos se pusieron de pie y atravesaron descalzos el escarpado acantilado. Al voltear un recodo, se quedaron casi sin aire.

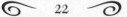

Justo delante de ellos, vieron la entrada de una cueva cubierta por sogas gruesas y pegajosas de color blanco, entretejidas en una apretada telaraña.

—Si esto es una telaraña, estamos en un serio problema —dijo Annie.

Jack trató de hablar serenamente.

—Eh, la medida de la tela no determina el tamaño de la araña —explicó Jack—. Además, una vez leí que ninguna araña llega a ser más grande que un plato.

—Claro... y tampoco hay caballos con cola de pez —agregó Annie.

"Buen argumento", pensó Jack.

—Mejor dediquémonos a buscar la Espada de la Luz antes de que anochezca —comentó.

Jack agarró una piedra del tamaño de una pelota de softbol y la arrojó al centro de la telaraña. La piedra entró en la cueva, arrastrando las gruesas sogas blancas.

—¿Estás lista? —le preguntó a Annie.

Ella no se movió.

—No temas, no dejaré que ninguna araña gigante te ataque —dijo Jack agarrando la mano de Annie—. ¿Adelante? —añadió, mirando la entrada de la cueva.

—Adelante —respondió Annie en voz muy baja. Luego, ambos caminaron sobre los restos de la telaraña y avanzaron hacia el interior de la cueva de la Reina Araña.

Adentro las paredes eran negras y brillantes. Con los pies descalzos, Annie y Jack sentían el piso húmedo y pegajoso.

—¡Uf! —exclamó Annie, retrocediendo de un salto. Un pequeño cangrejo rosado se escabulló por el suelo de piedra.

—No tengas miedo, no es una araña —dijo Jack.

—Ya lo sé —respondió Annie—. Discúlpame.

A medida que avanzaban, el interior de la cueva se oscurecía más y más. Finalmente, Jack vio una luz tenue que venía del fondo de la cueva.

—Hacia allá —dijo.

Ambos cruzaron bajo un arco, hacia un área circular. Por las enormes grietas del altísimo techo, se colaban los rayos del sol. La luz brillaba sobre superficies llenas de musgo y sobre el piso esponjoso. Se filtraban también gotas plateadas, que caían sobre pequeños charcos. De los agujeros y rendijas de las paredes salían chirridos y gorjeos.

—¿Qué es ese ruido? —preguntó Annie.

—Creo que son escondites de grillos y murciélagos —explicó Jack.

—No, *ese* ruido no —respondió Annie—. Te pregunto por el zumbido.

Jack hizo silencio para escuchar y luego oyó un tenue murmullo. No podía descifrar las palabras, pero era algo así como: zum, zum, zum. Un escalofrío le recorrió la espalda. Ahora, él también sentía miedo.

—Este lugar es repulsivo —dijo Annie.

—¿Te parece?... —respondio Jack—. No tenemos que quedarnos mucho tiempo. La rima dice

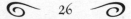

que sólo hay que *pasar por* la cueva. Así que hagámoslo cuanto antes.

Bajo la luz verdosa y fantasmal, ambos se desplazaron por la cueva. Sus pies descalzos aplastaban el suelo mojado y esponjoso. Mientras buscaban la salida, se mantuvieron atentos por si aparecía la Reina Araña.

—Eh, mira esa estrella de mar —dijo Annie, señalando hacia el techo—. ¿Cómo habrá hecho para llegar hasta allí?

Antes de que Jack respondiera, una ola irrumpió en el lugar y los salpicó a los dos de arriba a abajo.

—¡Uf! —exclamó Annie. Ella y Jack saltaron sobre un saliente musgoso de la pared.

Cuando la ola se retiró, todo quedó en calma. Luego, otra ola invadió la cueva, salpicando las paredes y empapando de nuevo a Annie y a Jack.

—¡Cielos! Se ve que está subiendo la marea. ¡Este lugar va a terminar inundándose!

Nuevamente, la ola se retiró y todo quedó en silencio.

—¡Va a ser mejor que salgamos *ahora!* —dijo Jack—. ¡Vamos, volvamos por donde vinimos!

Los dos saltaron del saliente. Pero, antes de que pudieran escapar, otra ola rompió en el interior de la cueva. El agua los arrastró y quedaron flotando sobre la espuma.

Jack agarró a su hermana de la mano. Luchando contra la corriente, volvieron a trepar al saliente de la pared. Abajo, el agua agitada se arremolinaba por toda la cueva.

—No podemos volver por donde entramos —dijo Jack—. El agua va a seguir entrando y la corriente va a volver a arrastrarnos. ¡Quedaremos atrapados!

—Tal vez podamos escapar por esa grieta —agregó Annie. Y señaló la abertura más ancha del techo de la cueva, muy por encima del agua.

—¡Es demasiado alto! —exclamó Jack—. ¡No podemos llegar hasta allá!

Desesperado, miró a su alrededor buscando otra salida. De pronto, se quedó paralizado por el espanto.

Cerca de la grieta, estaba colgando la Reina Araña. Tenía ocho ojos brillantes, de color rojo. Ocho patas largas y peludas. Y era *mucho* más grande que un plato.

La Reina Araña era más grande que Jack.

CAPÍTULO CUATRO

El sendero de telarañas

Jack agarró a su hermana de la mano.

—Por nada del mundo mires para arriba —dijo.

Annie clavó los ojos en el techo.

—¡AHHHHHHH!—gritó. Desesperada, quiso escapar tirándose al agua pero justo en ese momento, otra ola irrumpió con fuerza en el interior de la cueva.

—¡No saltes! ¡Te ahogarás! —gritó Jack.

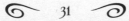

De repente, por encima del ruido de las turbulentas aguas, se oyó un hondo murmullo que resonó en toda la cueva: *¡Quédense! ¡Quédense! ¡Quédense!* La Reina Araña los miraba fijo, con sus ocho ojos rojos.

Mientras Annie y Jack miraban horrorizados, la araña gigante lanzó una hebra de su tela, gruesa como una soga, directo hacia los niños. Ellos se agacharon para esquivarla y la hebra se adhirió a la pared.

—¿Qué está haciendo? —gritó Annie.

—¡No lo sé! —respondió Jack.

Ambos volvieron a mirar a la Reina Araña, que se había acercado un poco más a la grieta de la pared. La araña clavó los ojos rojos sobre Annie y Jack, y disparó otra soga de su tela.

—¡Cuidado! —gritó Jack.

Él y Annie volvieron a esquivarla.

¡Clac! La segunda soga se adhirió al saliente de la pared, muy cerca de la primera.

—¡Oh, no! ¡Mira! —gritó Annie señalando el techo.

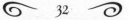

El monstruo empezó a avanzar en zigzag entre las dos sogas de su tela. *Se dirigía directo a los niños.*

Annie y Jack empezaron a gritar, acurrucados contra la pared.

—¡Tenemos que escapar! —gritó Annie. Pero antes de que pudieran moverse, otra ola invadió el lugar. La fuerza del agua llenó cada rincón de la cueva.

—¡No podemos salir! —gritó Jack.

—¡No podemos quedarnos! —volvió a gritar Annie.

—¡*Esperen! ¡Esperen! ¡Esperen!* —murmuró la Reina Araña.

Mientras zigzagueaba entre las dos sogas, seguía tejiendo su tela, acercándose cada vez más a Annie y a Jack.

Aterrados y sin habla, los hermanos la miraban sin atreverse a mover ni un dedo. Pero justo cuando estaba tan cerca que casi podía tocarlos, la Reina Araña se dio la vuelta y subió al techo dejando una enorme escalera hecha con su tela.

Desde arriba, clavó los ojos rojos sobre Annie y Jack.

—*¡Suban! ¡Suban! ¡Suban!* —murmuró desde el techo.

—¡Creo que quiere ayudarnos! —dijo Jack.

—¡No! ¡Quiere atraparnos! —añadió Annie.

La araña murmuró otra vez:

—*¡Suban! ¡Suban! ¡Suban!*

Algo en la voz de la Reina Araña le decía a Jack que ella quería ayudar.

—¡No quiere lastimarnos! —dijo Jack—. Quiere ayudarnos a escapar. ¡Además, no tenemos otra opción!

La marea subía cada vez más. Ya cubría completamente el saliente. Annie y Jack tenían el agua por los tobillos.

—¡Tenemos que subir a su tela! —dijo Jack—. ¡Yo lo haré primero!

Estiró el brazo y, al agarrarse de una de las hebras, Jack la sintió húmeda y pegajosa. Luego, empezó a escalar.

—¡Agárrate de la tela! ¡Tenemos que llegar a la grieta del techo! —gritó Jack en medio del estruendo del agua.

Annie agarró con fuerza una de las gruesas hebras.

—¡Aj! ¡Qué asco! —dijo.

—¡Vamos, salta hacia acá! —insistió Jack.

Agarrando con firmeza las hebras pegajosas, Jack y Annie empezaron a subir por la escalera de telaraña, que se balanceaba y estiraba, pero era suficientemente fuerte para sostenerlos a los dos. Era tan pegajosa que les impedía resbalar y caer.

Escalando y escalando, se fueron elevando por encima de las aguas turbulentas. Ya más cerca de la grieta del techo, Jack no quitaba los ojos de la Reina Araña. Ella los miraba fijamente.

Jack llegó a la grieta, pero se situó a un costado de la escalera, justo entre su hermana y la araña gigante.

—Sal tú primero —le dijo a Annie.

—Está bien —contestó ella. Se agarró de uno de los bordes de la grieta y sacó la cabeza—. ¡Aquí sólo hay más agua! —gritó.

—¿Estamos muy arriba de la bahía? —preguntó Jack.

—Bastante —respondió Annie—. Pero creo que podremos lograrlo.

—Espera —dijo Jack.

Pero Annie ya había empezado a deslizarse por la grieta.

—¡Ten cuidado! —gritó Jack.

¡Plaf!

—¡Oh, cielos! —exclamó Jack. Rápidamente,

se agarró del borde de la grieta. Luego, se dio la vuelta y miró a la Reina Araña.

En las sombras, los ojos rojos miraban a Jack.

—¡*Apúrate*! ¡*Apúrate*! —murmuró.

—¡Gracias! —le dijo Jack a la araña sonriendo.

—¡*Anda*! —volvió a murmurar la Reina Araña.

Jack salió de la oscura cueva y se paró en un saliente rocoso. El sol brillaba sobre el agua azul de la pequeña ensenada.

—¡Ven! —gritó Annie, meciéndose sobre las olas.

Jack se quitó los lentes. Se tapó la nariz, cerró los ojos y saltó al agua.

CAPÍTULO CINCO

¡Auf! ¡Auf!

Jack cayó sobre el mar azul. Llegó hasta el fondo y, rápidamente, subió a la superficie. Tosió y se quitó el pelo de los ojos.

Annie estaba flotando muy cerca de allí.

—¡Aquí! —gritó.

—¡Sí! —contestó Jack con un grito.

—¡Estaba equivocada! ¡Tenías razón! —dijo Annie emocionada—. ¡La Reina Araña quería ayudarnos!

—Sí —respondió Jack mientras sacudía el agua de los lentes y se los volvía a poner.

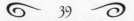

—¡Debe de estar muy sola! —añadió Annie—. Tal vez se esconde en la cueva porque sabe que asusta a los demás.

—Puede ser —contestó Jack. Y contempló la segunda ensenada. Sombras color púrpura se proyectaban sobre la orilla rocosa, debajo de los acantilados. El sol había empezado a bajar.

—Tenemos que apurarnos —sugirió Jack—. ¿Y ahora qué haremos?

—¡Lee la rima! —contestó Annie.

Jack sacó la concha del bolsillo. Mientras flotaba, leyó el siguiente verso del poema:

"Y con una selkie, vestida de verde, nadarán."

—¿Qué es una selkie? —preguntó Annie.

—¡No sé! —respondió Jack, observando la costa y los acantilados.

"¿Qué será una selkie? ¿Un pez? ¿Una persona...?", se preguntó. Luego, debajo del agua vio dos figuras gruesas y veloces que se acercaban a él y a su hermana.

—¡Cuidado! —gritó Jack.

—¡Ay! —gritó Annie.

Ambos se apartaron de las criaturas, que pasaron raudas junto a ellos. De repente, dos cabezas grises se asomaron a la superficie. Tenían hocico ancho, bigotes largos y blancos, ojos grandes y oscuros, y orejas pequeñas y replegadas.

—¡Son focas! —vociferó Annie.

Como dos periscopios flotantes, las criaturas marinas giraron la cabeza. Al ver a Annie y a Jack, abrieron la boca mostrando los dientes pequeños y puntiagudos, como si sonrieran.

—¡Hola, chicos! —saludó Annie.

—*¡Auf! ¡Auf! ¡Auf!* —bramaron las focas y rodaron por el agua. Tocaron a Annie y a Jack con la nariz, volvieron a bramar con manifiesta alegría y luego regresaron como flechas hacia la orilla.

—¡Ven, Jack! ¡Juguemos con ellas! —sugirió Annie.

—¡No hay tiempo para eso! —contestó él.

Pero Annie ya estaba nadando hacia la playa, detrás de las dos focas.

—¡Espera, Annie! —gritó Jack—. ¡Tenemos que ir a buscar a la selkie! ¡Y la Espada de la Luz! ¡Antes del anochecer! ¡O sobre el rey Arturo caerá un negro destino! —La voz de Jack se apagó.

Annie no lo escuchó. Ella y las dos focas habían llegado a la orilla. Las focas se subieron con torpeza a una gran roca y tendieron allí sus cuerpos regordetes. Annie también se subió a la roca y se acostó junto a ellas.

—¡Annie, ven acá! —la llamó Jack. *"Ya deben de ser las cuatro de la tarde"*, pensó. Y aún tenían mucho que hacer antes de que oscureciera.

—¡Descansemos un momento! —gritó Annie acariciándoles la cabeza a las focas, como si fueran perros. Ellas bramaban de alegría.

Jack también quería descansar. Se sentía muy cansado. "Tal vez podríamos descansar un rato en la roca con las focas y luego buscar a la selkie", pensó.

—Está bien —gritó—. ¡Pero sólo por un momento!

Jack nadó hacia la orilla. Cuando por fin logró salir del agua, las focas ya estaban boca arriba, con los ojos cerrados. Mientras dormían bajo el cálido sol, se les movían los blancos bigotes.

—Shhhh, están durmiendo la siesta —dijo Annie. Estaba acostada junto a las focas y también cerró los ojos—. Jack, el sol está hermoso. Ven y acuéstate un rato con nosotras.

—Oh, cielos —murmuró él. Pero el sol de la tarde estaba muy agradable. Así que subió a la cálida roca y se acostó junto a su hermana y las focas.

—Está bien, pero *sólo* por un rato —dijo. Y cerró los ojos.

Con el sol sobre las piernas y brazos cansados,

se sintió bien. Después de la cueva de la Reina Araña, la brisa suave parecía aún más limpia y fresca. Jack cayó en un sueño profundo y apacible.

CAPÍTULO SEIS

Selkie

—¡Despierten, haraganes! ¿Van a dormir toda la tarde? —dijo una voz amigable.

Jack abrió los ojos, sobresaltado. *"¡Oh, no! ¿Qué hora será?"*, pensó. Se incorporó y miró a su alrededor.

Las focas ya no estaban. Junto a él y Annie, había un niño pecoso, sonriente y descalzo.

—¡Teddy! —dijo Jack, olvidándose del tiempo por un rato.

—¡Teddy! ¡Teddy! —gritó Annie. Se levantó de un salto y abrazó al joven mago.

La niña sonrió y empezó a acercarse caminando sobre las rocas. Llevaba puesto un vestido verde, que parecía tejido con hierbas. Tenía cabello negro y ondulado, que le llegaba en cascada hasta la cintura.

—Ellos son Annie y Jack. Vienen de una tierra muy lejana —comentó Teddy.

—¡Hola, Annie! ¡Hola, Jack! —exclamó la niña con tono vivaz y amigable—. ¡Me alegra conocerlos! Mi nombre es Kathleen. —Al hablar, los ojos azules le brillaban como el cielo y el mar.

Jack no podía hablar. Jamás había visto una niña tan bonita como Kathleen.

—¡Me gusta tu vestido! —comentó Annie.

—Lo hice con algas. Aunque lamento decir que no soy muy buena tejiendo —aclaró Kathleen sonriendo.

—¿Vives aquí? —preguntó Annie.

—Sí, junto a mis diecinueve hermanas —dijo Kathleen.

—¿*Diecinueve hermanas?* —preguntó Annie.

—Así es —confirmó la niña, apartándose los rizos de la frente—. Yo soy la menor. Vivimos en una cueva en los acantilados.

—Genial —dijo Annie—. ¿Es como la Cueva de la Reina Araña?

—No, no —respondió Kathleen—. Es mucho más divertida que la cueva de Morag.

—Así que ése es su nombre —agregó Annie—. Pobre, debe de estar muy sola.

—No te preocupes. Ella tiene muchos amigos: murciélagos, cangrejos, estrellas de mar. Pero es muy amable de tu parte interesarte por ella —dijo Kathleen sonriendo.

Por fin, ante la amabilidad de la niña, Jack se armó de valor para hablar.

—El Caballero Acuático también fue muy amigable —dijo.

—¿El Caballero Acuático? —preguntó Kathleen.

—Sí —contestó Jack—. Él nos ayudó a cruzar la primera ensenada.

Kathleen parecía desconcertada.

—¡Su caballo tenía cola de pez! —comentó Annie.

—¡Qué extraño! —exclamó la niña—. Siempre voy a nadar allí, pero jamás oí hablar de él, ni lo he visto.

—¿Hace mucho que vives aquí? —preguntó Annie.

—Toda mi vida —respondió Kathleen.

—Ella es selkie —comentó Teddy.

—¿*Selkie?* —preguntaron Annie y Jack a la vez.

—Sí —contestó la niña sonriendo.

—¡Merlín te nombra en su rima! —añadió Annie—. Dice: *"Y con una selkie, vestida de verde, nadarán."*

—¿La rima de Merlín? —preguntó Teddy.

—Sí, nos la dio para encontrar la Espada de la Luz —explicó Jack.

De repente, a Kathleen se le borró la sonrisa y se le entristeció la mirada.

—¿Han venido a buscar la Espada de la Luz? —preguntó—. Oh, no…

—¿Qué hay de malo? —preguntó Jack.

—Muchos llegaron hasta aquí, buscando la espada —explicó Kathleen—. Pero tan pronto entran en la ensenada, pasando la cueva de las medusas, se desatan vientos de tormenta. Incluso en verano, los temporales traen lluvia y viento helado. Hasta ahora, ningún buscador de esa espada ha logrado sobrevivir.

—¿Tú has llegado a la ensenada, pasando la cueva de las medusas? —preguntó Jack.

—Mis hermanas me lo prohibieron —contestó Kathleen—. En realidad, ninguna selkie se ha atrevido a nadar en la ensenada de la Costa Tormentosa.

—¿Ensenada de la Costa Tormentosa? —preguntó Annie—. ¡Ése es el verso siguiente en la rima de Merlín! *"¡En la ensenada de la Costa Tormentosa deberán entrar!"*.

—¡Déjame ver la rima! —dijo Teddy.

—Mira —dijo Jack. Y le dio la concha al niño mago.

Rápidamente, Teddy leyó el mensaje de la

rima de Merlín. Luego, miró al cielo.

—Está cayendo el sol. ¡Debemos apurarnos! ¡Hay que encontrar la espada antes del anochecer! ¡O, algún día, el rey Arturo perecerá!

—Espera un minuto —dijo Annie. Y miró a Kathleen—. Según la rima, tenemos que nadar *contigo*. ¿Vendrás con nosotros?

La niña se quedó mirándolos un largo rato. Después, se puso de pie y se echó el pelo hacia

atrás. Los ojos le brillaban.

—Siempre quise explorar esa ensenada —dijo.

—¡Hurra! —exclamó Teddy—. ¡Serás la primera selkie en hacerlo! ¡Nos espera una gran aventura! ¡Adelante!

—¡Un momento! —dijo Jack—. ¿Y la cueva de las medusas?

—No te preocupes, ellas no pueden dañarnos —añadió Kathleen.

—¿En serio? —preguntó Jack.

—No —respondió la selkie—. No, si nos convertimos en focas.

CAPÍTULO SIETE

La ensenada de la Costa Tormentosa

—¿Focas? —preguntó Annie.

Jack miró a Teddy.

—¿Vamos a convertirnos en focas? —preguntó Jack.

—¡Así es! —confirmó el niño mago—. Eso es lo que hacen los selkies. En la tierra son personas y en el agua focas.

—¿Eres una foca? —le preguntó Jack a Kathleen.

—A veces —contestó la niña selkie, sonriendo.

Jack se quedó mirándola. No podía creer que una niña tan bella, también fuera una foca.

—Cuando vengo a la orilla y me seco al sol, mi piel de foca se cae —explicó Kathleen—. Y soy tan humana como... eh.... ahora.

—¡Ajá, entiendo! —exclamó Annie—. Tú eras una de las focas que encontramos en el agua!

—Exacto —respondió Kathleen—, y Teddy era la otra.

—¿T-Tú? ¿Cómo...? —preguntó Jack, mirando al niño mago.

—¿Ya lo olvidaste? Soy mago... —contestó Teddy.

—Sí, pero esta vez *fue* mi magia la que usamos —añadió la niña selkie riendo. Y señaló dos pieles de foca tiradas sobre la arena—. Le di a Teddy una piel y pronuncié un hechizo selkie.

—¿Tú convertiste a Teddy en foca? —preguntó Jack.

—Sí —confirmó Kathleen—. Y haré lo mismo con ustedes. Mis hermanas no se enojarán si tomo

prestadas dos pieles más. —Y se dirigió a una gran montaña de piedras.

Teddy contempló a Kathleen mientras se alejaba y después miró a Annie y a Jack.

—Ella tiene una magia muy poderosa —dijo.

—¿Te parece? —preguntó Annie con picardía.

Jack enmudeció. No podía creer que él y su hermana iban a convertirse en focas.

Kathleen salió de detrás de la montaña de rocas con dos pieles grises en la mano.

—Son para ustedes —dijo. Las pieles parecían trajes de buzos, pero con capucha—. Pónganselas encima de la ropa, así… —Kathleen y Teddy levantaron las pieles del suelo y empezaron a ponérselas. Annie y Jack hicieron lo mismo.

Jack se metió dentro de la piel y sintió como si una gruesa capa de goma le cubriera el cuerpo.

—Dejen la cabeza afuera de la piel, primero tenemos que deslizarnos en el agua. Síganme —dijo Kathleen.

Torpemente, Jack se metió en el agua junto

con los demás. *"Esto es ridículo. ¿Cómo vamos a convertirnos en focas con sólo ponernos estos disfraces?"*, pensó.

Cuando todos tenían el agua por la cintura, Kathleen se detuvo.

—Colóquense la capucha —dijo—. Diré unas palabras en idioma selkie. Y en seguida, nos sumergiremos.

—Hemos volado juntos por el cielo y ahora nadaremos en las profundidades —dijo Teddy mirando a Annie y a Jack, con una sonrisa pícara.

Jack asintió, dudoso de que el plan funcionara.

—¡Cúbranse la cabeza y la cara! ¡Después de las palabras mágicas, sumérjanse de inmediato! —agregó Kathleen.

Jack extendió la capucha por encima de la frente, los lentes y, por último, por la barbilla. Ahora no podía ver ni hablar. Quería arrancarse la capucha pero, de golpe, oyó la voz de Kathleen:

¡An-ca-da-tro-a-day-mee!

¡Ba-mi-hu-no-nay-hah-nee!

Jack oyó una zambullida y después, dos más. Se sumergió rápidamente.

Debajo del agua, comenzó a sentir que la piel de foca y la suya se fundían en una sola. El pecho se le expandió como un barril. Y, en lugar de brazos y piernas, ahora tenía… ¡aletas!

Jack empezó a nadar como una flecha, doblando las aletas delanteras e impulsándose con las aletas de atrás.

En zigzag, subiendo y bajando, fue desplazándose en medio de algas y bancos de peces. Luego, se propulsó hacia la superficie. Con su suave cuerpo de foca, podía nadar diez veces más rápido. ¡Y podía ver y oír perfectamente!

En un abrir y cerrar de ojos, descendió al fondo del mar y volvió a la superficie. A su lado, aparecieron dos focas que lo miraban echando burbujas por la boca. Jack enseguida entendió lo que le decían.

—¡Hola, Jack! ¡Soy yo!

—¡Eh, soy yo!

—¡Hola, chicos! —les respondió Jack a Annie y a Teddy. Del otro lado, oyó un sonido similar a un zumbido. Se dio vuelta y vio a la tercera foca. Era Kathleen que, con elegancia, nadaba hacia Jack.

—¡Hola, Jack!

—¡Hola, Kathleen! —contestó Jack, entre burbujas y gorgoteos.

Quería expresar lo mucho que estaba divirtiéndose. Pero cuando abrió la boca, un cardumen de

diminutos peces, atravesaron su garganta. Sin darse cuenta, ¡Jack se tragó todos los peces! Pero no le importó. Y lanzó una carcajada de foca, llena de burbujas.

—¡*Adelante, Kathleen, llévanos a la Cueva de las Medusas!* —gorgoteó Jack.

CAPÍTULO OCHO

El manto del Fantasma Gris

Las cuatro focas nadaron por las aguas soleadas de la Ensenada Selkie y entraron en la Cueva de las Medusas. Adentro, el agua estaba fría y turbia. Pero Jack, con su cuerpo y ojos de foca, sentía calor y veía claramente.

Mientras avanzaban hacia el centro de la ensenada, las medusas empezaron a aparecer. Al principio sólo algunas, luego cientos y miles de ellas. Eran de color rosa, púrpura, anaranjado y chocolate. Unas eran grandes como paraguas, y otras pequeñas como una moneda. Medusas con

forma de tazas, campanas, paracaídas, hongos o balas de cañón. Algunas brillaban como la luz de las velas, otras eran transparentes como el vidrio.

Para desplazarse, algunas medusas se abrían y se cerraban como un capullo. Otras, silenciosamente iban a la deriva arrastrando sus largos tentáculos. Jack no tenía miedo de nadar entre ellas. Su dura piel de foca lo protegía completamente.

Teddy, Annie y Jack siguieron a Kathleen por un pasadizo angosto que daba a las aguas verdes y claras de la tercera ensenada.

Las cuatro focas se asomaron a la superficie y tomaron grandes bocanadas de aire. Jack, con los bigotes crispados, contempló la ensenada de la Costa Tormentosa.

Era un lugar completamente silencioso. Iluminado por una luz cálida y tenue. El agua estaba completamente serena. Alrededor de la ensenada se veían extrañas colinas verdes, iluminadas por el sol del atardecer.

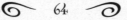

Por detrás de las colinas, se asomaban los picos nevados de altísimas montañas. A lo lejos, Jack distinguió la casa del árbol, en un acantilado.

"¡Suban a esas rocas y séquense al sol!", bramó Kathleen.

Las cuatro focas nadaron hacia una pequeña isla de piedra, en el centro de la ensenada. Jack arrastró su cuerpo rechoncho fuera del agua. Sofocado y chillando, se desplomó junto a las demás focas. Su agilidad debajo del agua se había transformado en una pesada carga.

Bajo el sol, empezó a sentir la piel cada vez más tirante. Hasta que, de golpe, ésta se abrió, como papel viejo. Jack volvió a sentir su cuerpo otra vez, sus pantalones cortos y su camiseta. Se incorporó y se acomodó los lentes.

—¡Esto sí que fue divertido! —dijo Annie.

Jack miró a su hermana. La magia también había actuado sobre ella y sus amigos. Todos eran seres humanos otra vez.

—¡Sí, muy divertido! —añadió Jack entusiasmado. Miró a su alrededor—. No creo que aquí vaya a haber ninguna tormenta.

—No. Pero, aun así, no me gusta este lugar —comentó Teddy observando la ensenada con preocupación—. ¡Me da escalofríos!

Jack, ansioso, miró a Teddy. Si el niño mago tenía miedo, seguro algo iba a pasar. Teddy jamás tenía miedo de nada.

—Bueno, el día ya está por terminar —comentó el niño mago, mirando la puesta de sol—. Vayamos a la orilla para buscar la espada. Así podremos irnos de esta ensenada lo más pronto posible.

—Creo que eso no va a ser fácil... ¡Mira...! —dijo Kathleen.

Desde las montañas, había empezado a descender una niebla densa y gris que fue cubriendo el acantilado donde estaba la casa del árbol. Apenas en unos minutos, las colinas también desaparecieron. Y luego, las aguas serenas de la ensenada se tiñeron de gris.

—¡Ay! Es el manto del fantasma gris —dijo Kathleen.

—¿El manto del fantasma gris? —preguntó Annie.

—Sí, así es como los selkies llamamos a la niebla espesa.

—¡Merlín lo nombra en la rima! —comentó Annie—. *"¡Bajo el manto del Fantasma Gris se sumergirán!"*

Jack suspiró aliviado. El "Fantasma Gris" no era un fantasma real, era el nombre que le daban a la niebla.

—Entonces, sólo tenemos que ir a la orilla y buscar la espada debajo de la niebla —añadió.

—La rima dice *"sumérjanse"*, quizá no hay que ir a la orilla —comentó Teddy.

—¿Quieres decir que volveremos a convertirnos en focas? —preguntó Jack. Temblaba tanto bajo la fría niebla, que sólo deseaba meterse en su cálida piel otra vez.

—Temo que esta vez *no* será así —agregó Kathleen—. Una foca no puede agarrar una espada tan pesada con las aletas.

—Entonces, tú y Teddy vuelvan a ser focas y vayan a ver dónde está la espada. Luego, Jack y yo iremos a buscarla —sugirió Annie.

Jack estaba a punto de decir que prefería convertirse en foca, pero Teddy se adelantó.

—¡Excelente plan! —exclamó el niño mago.

—¡Así es! Tus amigos son muy valientes, Teddy —dijo la bella selkie. Se dio vuelta y, mirando a Jack, sonrió con dulzura.

—Bueno, tengan cuidado —dijo Jack.

—Vamos, debemos apurarnos —agregó Teddy.
Ocultos por la niebla, él y Kathleen se deslizaron
dentro de las pieles de foca. Un momento después,
Jack oyó que Teddy se despedía. Luego, Kathleen
pronunció su hechizo selkie y, lo último que Annie
y Jack oyeron fueron dos zambullidas.

—¿Qué haremos ahora? —preguntó Jack.

—Tenemos que esperar aquí, hasta que
encuentren la espada —dijo Annie.

—Ojalá se apuren —agregó Jack, temblando.

—¡Ay, sí! —exclamó Annie.

Esperaron y esperaron, deseosos de volver a oír el sonido de las focas.

—¿Qué hora será? —preguntó Annie.

—Es imposible saber la hora —contestó Jack.

—Va a ser mejor que ellos…

—Shhh… —exclamó Jack.

A lo lejos, oyó el bramido de una foca y luego otro y otro más. Pero la niebla no le permitía saber de dónde venían.

—¿Dónde están? —preguntó.

—¡Creo que están por *allí!* —dijo Annie.

¡Plaf! Annie se metió al agua de un salto pero, a causa de la niebla, Jack no podía verla.

—¿Dónde estás, Annie? —gritó Jack.

—¡Aquí! ¡Ven! —gritó Annie, detrás de la niebla fantasmal.

Jack puso los lentes en las rocas. Luego, lentamente, bajó al agua. Mientras se acercaba a su hermana, sintió el cuerpo frágil y pequeño, com-

parado con el poderoso cuerpo de las focas. No podía nadar ni la mitad de rápido que ellas, tampoco podía estar tanto tiempo debajo del agua y, encima, estaba congelándose.

El bramido de las focas se oyó más nítido y cercano *¡Auf! ¡Auf!*

Jack recién pudo ver a sus amigos cuando casi podía tocarlos. Teddy y Kathleen saltaban y chapoteaban alrededor de Annie y Jack, emocionados, bramando sin cesar.

—¿Encontraron la espada? ¿Está por aquí? —gritó Annie.

Las focas no paraban de saltar y bramar. Annie y Jack tomaron todo el aire posible y las siguieron.

Las dos focas nadaron rápidamente hacia el fondo de la ensenada y se detuvieron delante de un objeto que brillaba sobre la arena.

Era el mango dorado de una espada.

CAPÍTULO NUEVE

La Espada de la Luz

Annie señaló el mango de la espada. Jack asintió con la cabeza pero, al sentir que le faltaba el aire, volvió a la superficie. Su hermana lo siguió.

Agitados, ambos asomaron la cabeza fuera del agua.

—¿Lo viste? —gritó Annie—. ¡Era el mango de la espada!

—¡Sí! ¡Está enterrada en la arena! —dijo Jack.

—¡Tenemos que sacarla! ¡Va a ser mejor que nos apuremos! —añadió Annie.

—¡Tienes razón! —afirmó Jack.

Ambos llenaron los pulmones de aire y volvieron al fondo de la ensenada. Jack agarró el mango de la espada y tiró con fuerza, pero esta ni se movió. Lo intentó una vez más, pero la espada seguía incrustada en la arena.

Annie agarró una parte del mango con las dos manos. Cuando halaron juntos, Jack sintió que la espada se había movido un poco. Tenía los pulmones a punto de estallar.

Jack agarró el mango con las dos manos y, con todas sus fuerzas, tiró de él. De pronto, sintió que la brillante hoja afilada se deslizaba hacia afuera.

Lo más rápido que pudieron, él y Annie nadaron hacia la superficie, llevando la Espada de la Luz entre los dos, desesperados por volver a respirar.

—¡La tenemos! —les gritó Jack a Kathleen y a Teddy.

Las dos focas rodearon a Annie y a Jack, saltando sobre el agua y bramando de alegría.

¡Auf! ¡Auf!

73

—¡Llévennos a las rocas! —gritó Annie.

Ella y Jack se agarraron del mango de la espada con una mano y, con la otra, empezaron a darse impulso para seguir a las focas.

Mientras los cuatro nadaban, la niebla comenzó a disiparse. El cielo gris se volvió azul. Cuando llegaron a la pequeña isla de piedra, la tenue luz del atardecer volvió a reflejarse en la ribera verde, que se veía un poco extraña.

—Sostén la espada para que pueda salir del agua —le gritó Jack a Annie.

Subió a las rocas y su hermana le dio la espada. Con mucho cuidado, Jack la puso sobre el suelo.

Annie salió del agua. Las dos focas asomaron la cabeza a la superficie. Maravillados, los cuatro contemplaron la espada en silencio.

—¡Uau! —exclamó Annie.

Jack asintió. La luz rojiza del atardecer se reflejó sobre la poderosa espada. La hoja, con el reflejo, parecía encendida.

—¿Qué haremos ahora? —preguntó Jack.

—Llevémosle la espada a Merlín, *ahora mismo* —contestó Annie—. El sol está por ocultarse.

—Tienes razón —agregó Jack—. Antes del anochecer. ¡Correcto!

De repente, Kathleen y Teddy comenzaron a bramar para alertar a sus amigos.

El agua había empezado a agitarse. Pequeñas olas avanzaban desde el borde de la ensenada y crecían hacia el centro de ella y, al chocar contra la pequeña isla de piedra, salpicaban agua en todas las direcciones.

—¿Qué sucede? —preguntó Jack.

—¡Debe de estar por venir una tormenta fuerte! —respondió Annie.

¡Auf! ¡Auf! Kathleen y Teddy querían subir su cuerpo regordete a las rocas, pero las olas se lo impedían.

—¡Tenemos que ayudarlos! —le gritó Annie a su hermano. Se esforzaron por sacar a las focas del agua tormentosa, pero tenían la piel tan res- baladiza que Annie y Jack casi terminan cayén- dose de las rocas.

Las olas siguieron avanzando y golpeando sobre la isla. *¡Auf! ¡Auf!* Las dos focas, arrastra- das por la corriente, fueron alejándose más y más

de Annie y de Jack.

—¡Mira, Jack! ¡La tierra se mueve! —gritó Annie.

Jack miró la extraña orilla de la ensenada. ¡Era verdad! ¡La tierra se movía de un lado al otro y serpenteaba hacia adelante!

Un potente rugido sacudió la ensenada y una monstruosa criatura asomó la cabeza fuera del agua.

Las colinas verdes no eran colinas. *¡Era una serpiente gigante enroscada!*

CAPÍTULO DIEZ

La antigua pregunta

—¡**A**hhh! —vociferaron Annie y Jack.

La enorme serpiente marina arqueó el largo cuello, alzándose hacia el cielo. Su piel verde y escamosa brillaba con el reflejo de la puesta de sol. Y los ojos amarillos, posados sobre los dos niños, parecían dos faroles encendidos.

Annie y Jack estaban paralizados.

El monstruo abrió la boca y mostró los aterradores colmillos y la lengua bífida violeta. De golpe, la serpiente emitió un sonido espantoso, similar a un silbido.

Annie y Jack, horrorizados, se abrazaron en la roca. A lo lejos, se oía bramar a las dos focas, desesperadamente.

—¡Teddy! ¡Kathleen! —aulló Jack.

—Ahora son focas, no pueden ayudarnos con su magia... —sollozó Annie.

De golpe, un sonido grave retumbó en toda la bahía: "¿QUIÉNESSS SSSON USTEDESSS? ¿POR QUÉ ROBARON LA ESSSPADA DE LA LUZ?".

Jack estaba tan pasmado, que no podía hablar. Pero Annie no tardó en responder.

—¡Somos Annie y Jack! ¡Merlín nos encomendó una misión! —gritó.

—"SSSSSSSS" —la serpiente silbó enojada. Agitando la lengua, se enroscó alrededor de la pequeña isla rocosa, enarcó el cuello y bajó la cabeza.

Nuevamente, la voz ancestral resonó en toda la bahía: "PARA SSSER DIGNOSSS DE LA ESSSPADA, DEBEN RESSSPONDER UNA PREGUNTA".

—¿Qué pregunta? —gritó Annie.

—"SSSSSSSS" —silbó la serpiente, alejándose. Pronto, el cuerpo verde y escamoso estaba enroscado alrededor de la pequeña isla de piedra.

"*¡Va a aplastarnos!*", pensó Jack, horrorizado. O tal vez ellos, si tuvieran fuerza suficiente, podrían matarla primero.

—¡Agarra la espada! —le gritó Jack a Annie.

Juntos empuñaron la poderosa espada por el mango y apuntaron a la serpiente marina.

—¡No te acerques! —vociferó Jack.

La serpiente empezó a acercarse, agitando la lengua bífida. Los ojos le brillaban. Luego, abrió la inmensa boca.

—¡Espera! ¡Detente! —gritó Annie—. ¡Danos una oportunidad! ¡Haznos la pregunta!

La serpiente cerró la boca. Enarcó el cuello y acercó la cabeza a Annie y a Jack. En un tono muy bajo y grave dijo: "¿CUÁL ESSS EL PROPÓSSSITO DE LA ESSSPADA? ESSSA ESSS LA ANTIGUA PREGUNTA.

—¡Bien! ¡El propósito de la espada…! ¡Espera un minuto! —gritó Annie, mirando a su hermano—. ¿Sabes cuál es el propósito? —preguntó.

—¿Vencer al enemigo? —agregó Jack.

—Creo que no —dijo Annie—. Esa no me parece la respuesta adecuada.

—¿Obligarlos a rendirse? ¿Matarlos? —preguntó Jack.

—No, eso no… ¡estoy segura! —añadió Annie.

—"¡SSSSSSS!" —la serpiente silbó molesta e impaciente.

—¿Entonces…? —insistió Jack.

—No sé, pero… la respuesta no es la violencia. ¡Mira la espada! —dijo Annie.

Jack contempló la luminosa espada. Su hoja plateada resplandecía contra el rojo cielo del atardecer. De golpe, empezó a serenarse. Lo invadió una extraña sensación de alivio y alegría.

—"¡RESSSPONDAN LA PREGUNTA!" —estalló la serpiente.

De pronto, a Jack se le aclaró la mente.

—Creo que ya lo tengo —dijo—. ¿Recuerdas la rima de Merlín? *"Respondan la pregunta con amor, no con temor".*

—¡Claro! ¡La respuesta no es pelear! Se trata de no tener miedo! —agregó Annie.

—*¡LA RESSSPUESTA!* —volvió a estallar la serpiente.

Jack miró fijo al monstruo. Mientras observaba los ojos amarillos y brillantes, fue perdiendo el miedo. Ahora, quien parecía asustada era la serpiente.

—¡La espada no debe usarse para dañar! —gritó Jack.

—¡Es verdad! ¡Sólo debe usarse para hacer el bien! —dijo Annie.

La serpiente dejó de mecerse. Pero aún seguía agitando la lengua.

—¡La espada no fue hecha para atemorizar, sino para que la gente venza sus miedos! —explicó Jack—. ¡Sin temor, no hay pelea!

La serpiente estaba paralizada.

—¡Esta espada no fue creada para la gue-
rra! —gritó Jack—. ¡Esta espada fue creada para
la *paz!*

CAPÍTULO ONCE

Espada y rima

La serpiente marina acercó la cabeza a Annie y a Jack, y silbó por lo bajo: sssssssss. Con su lengua bífida, tocó la espada. El corazón de Jack casi se detuvo.

Luego, el monstruo empezó a apartar el larguísimo cuerpo de alrededor de la isla de piedra. Hasta que, nuevamente, pudo verse el extenso conjunto de colinas verdes bordeando la ensenada.

Casi sin hacer olas, la serpiente sumergió la cabeza y todo el cuerpo que, de tan largo, era

imposible saber dónde empezaba y dónde termi-
naba.

Annie y Jack pusieron la Espada de la Luz en
el suelo rocoso. Dejaron escapar un suspiro de
alivio y se sentaron junto a la espada.

¡*Auf!* ¡*Auf!*, Teddy y Kathleen, bramando sin
parar, asomaron la cabeza a la superficie de las
aguas serenas de la bahía.

—¡Es mejor aparecer cuando ya no hay
peligro! ¿no? —dijo Annie, riendo.

Las focas treparon a la isla y se desplomaron
junto a los niños.

—La espada nos dio la respuesta a la antigua
pregunta —agregó Jack.

Los cuatro contemplaron la Espada de la Luz,
que resplandecía intensamente a pesar de que el
sol ya se había escondido en el horizonte y los co-
lores del cielo anunciaban el ocaso.

—Hay que sacarla de aquí antes de que oscurezca del todo —dijo Annie.

—Ya sé —contestó Jack—. Pero... ¿cómo

lo haremos?

—Mira la rima —respondió Annie.

Jack sacó la concha del bolsillo y leyó la última rima:

"Con la espada y una rima,
el final de la misión se aproxima".

—Esto no tiene mucho sentido —comentó Jack.

—Quizá sí —se oyó.

Annie y Jack se dieron vuelta. Teddy y Kathleen estaban de pie detrás de ellos. Habían vuelto a su forma humana, luego de desprenderse de la piel de foca.

—Tal vez lo que necesitamos es una rima mágica —comentó Teddy—. Y… *yo* soy mago, ¿lo recuerdan?

—¿Cómo olvidarlo? —contestó Annie, riendo.

—Mis rimas han mejorado mucho —agregó Teddy, sonriendo—. ¡Observen! —Y se frotó las manos. Cuidadosamente, agarró la Espada de la Luz por el mango y, con la punta, señaló la casa del árbol sobre el lejano acantilado.

El joven mago respiró hondo. Y luego gritó:
"¡Oh, espada reluciente, haz que la noche brille de repente!"

El niño mago se quedó callado. Jack empezó a preocuparse. Para Teddy no era fácil hacer rimas y, cuando lo lograba, éstas nunca funcionaban según lo esperado.

Kathleen se acercó al joven mago.

—Repite la rima —dijo, suavemente.

Teddy volvió a pronunciar la rima:
"¡Oh, espada reluciente, haz que la noche brille de repente!"

Kathleen terminó la rima en idioma selkie:
"¡Dns-n-pnte-frme-rsplndcnte!"

La espada empezó a vibrar en las manos de Teddy. De pronto, se oyó un estruendo y hubo una explosión de luz blanca. Cientos de rayos iluminaron la creciente oscuridad. Los rayos se agitaron, ondearon y, por último, se entrelazaron formando un puente luminoso, que encendió el color púrpura del crepúsculo.

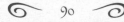

En un instante, el puente se extendió uniendo la pequeña isla de piedra, en el centro de la ensenada, con el lejano acantilado costero. Cuando Teddy bajó la espada, el puente aún seguía en pie.

—¡Uau! —susurró Annie—. ¿Qué palabras usaste para terminar la rima? —le preguntó a Kathleen.

—*Dns-n-pnte-frme-rsplndcnte* —contestó la niña—. Eso quiere decir: *¡Danos un puente firme y resplandeciente!*

—Eso es exactamente lo que iba a decir yo —agregó Teddy.

—¡Sí, claro! —añadió Kathleen, riendo. Agarró al niño mago de la mano y miró a Annie y a Jack —. Este puente luminoso los llevará desde mi mundo de regreso a su hogar.

—¿Quieres decir que podemos caminar sobre el puente? —preguntó Annie.

—Compruébenlo —dijo Teddy.

—Oh, cielos —exclamó Jack, riendo nervioso. Se acercó al puente, levantó un pie y lo apoyó

sobre la luz. Levantó el otro y dio un paso. El luminoso sendero era tan sólido y firme que parecía de piedra.

Annie subió al puente y se paró al lado de su hermano. Había espacio suficiente para los dos.

—¡Esto es genial! —susurró.

—Esperen, ¿no olvidan *algo?* —preguntó Teddy.

Cuidadosamente, agarró la Espada de la Luz para dársela a sus amigos.

Annie y Jack agarraron la espada por el mango.

—¿Qué harán ustedes? —preguntó Jack.

—Yo volveré a mi cueva, o mis hermanas se preocuparán —contestó Kathleen.

—Yo acompañaré a Kathleen a su casa y después regresaré al futuro, a Camelot —añadió Teddy.

—Sí, pero después de cenar conmigo y mis hermanas —dijo Kathleen.

—Ah... —exclamó Jack. Él también quería cenar con las selkies para estar más tiempo al lado de Kathleen y Teddy, hicieran lo que hicieran.

—Va a ser mejor que nos apuremos, está oscureciendo —dijo Annie.

—De acuerdo —contestó Jack.

—Adiós, por ahora —dijo Kathleen—. Y muchas gracias. En realidad fue sorprendente cómo vencieron al enemigo.

—En realidad, la serpiente marina no era nuestra enemiga —aclaró Jack.

—¿Recuerdan a la Reina Araña? —preguntó Annie—. Las dos parecían muy peligrosas hasta que las conocimos.

—Sí —añadió Jack.

—¿Volveremos a vernos? —preguntó Annie a Teddy y a Kathleen.

—Sí, creo que pronto nos reuniremos los cuatro —contestó la niña selkie.

—Los veremos en cualquier momento —dijo Teddy, con una gran sonrisa—. Ahora deben partir, amigos. La noche se acerca. ¡Adiós!

—¡Adiós! —respondieron Annie y Jack. Se dieron la vuelta y avanzaron por el puente luminoso. La luz de la espada se balanceaba sobre la ensenada, como la luz de un farol sobre las olas.

De pronto, Jack oyó que alguien se zambullía. Se detuvo y se quedó escuchando.

—Vamos, vamos... —dijo Annie.

Jack reanudó la marcha. Él y su hermana continuaron ascendiendo hasta el final del brillante sendero.

Bajaron del puente y subieron al acantilado. Sosteniendo la espada por el mango, miraron hacia atrás.

El puente había desaparecido. Allí sólo quedaban, flotando en el cielo, millones de chispas de luz que, poco a poco, iban apagándose.

Abajo, la pequeña ensenada se veía oscura y silenciosa. Lo único que se oía eran los bramidos distantes de las focas.

CAPÍTULO DOCE

La Isla de Avalón

—¿Y ahora qué? —preguntó Jack.

—Ahora, yo les agradezco a ustedes —dijo alguien con voz grave.

—¡Merlín! —gritó Annie.

El misterioso hechicero apareció de entre las sombras, con su capa roja mágica y su larga barba blanca, que resplandecía con el radiante reflejo de la espada.

—¡Han traído la Espada de la Luz justo antes del anochecer! ¡En el solsticio de verano! —dijo Merlín.

—¿Por qué teníamos que traerla justo este día? —preguntó Jack.

—Porque el poder del Hechicero del Hielo es más débil hoy que en cualquier otro día del año —explicó Merlín.

—¿El Hechicero del Hielo? —preguntó Annie—. ¿Él es el dueño de la espada? ¿Y nosotros se la robamos?

—No —respondió Merlín—. Hace mucho tiempo, él se la robó a la Dama del Lago y se la llevó a su reino, en el Mar del Norte.

Merlín señaló los picos nevados detrás de la costa rocosa.

—Muy pronto, el hechicero descubrió que la espada no le servía. La Dama del Lago la había hechizado para que la Espada de la Luz sólo tuviera poder en manos del mortal digno de ella. Pero, como el hechicero no quería desprenderse de la espada, la dejó clavada en el fondo de la ensenada.

—La ensenada de la Costa Tormentosa —exclamó Jack.

—Sí —contestó Merlín—. Hace poco las aves marinas me revelaron el paradero de la espada. Como sabía que para recuperarla necesitaría mortales dignos de ella, decidí mandarlos a ustedes en el solsticio de verano. Ese día, el Hechicero del Hielo iba a ser incapaz de enviarles tormentas fuertes para impedirles que hallaran la espada. De hecho, sólo pudo lanzarles el manto del Fantasma Gris.

—El Hechicero del Hielo mandó la niebla… —dijo Annie.

—¿Y también al monstruo de la ensenada? —preguntó Jack.

Merlín sonrió.

—No. La serpiente cumple órdenes de la Dama del Lago. Hace mucho tiempo, decidió buscar la espada por su cuenta y cuidarla en secreto. Además de soportar las tormentas y vendavales del Hechicero del Hielo, para dar prueba de su dignidad, los mortales deben responder la pregunta de la serpiente. Yo sabía que ustedes la responderían.

—Tu rima nos ayudó —dijo Jack.

Con mucho cuidado él y Annie le entregaron la Espada de la Luz a Merlín.

—¿Clavarás la espada en una piedra para que cuando Arturo la saque se convierta en rey? —dijo Annie.

—No, *esta* espada es mucho más poderosa. En realidad, tiene un nombre, se llama... Excálibur —explicó Merlín.

—¡¿*Excálibur*?! —exclamaron Annie y Jack.

—Sí, ahora la llevaré a la Isla de Avalón —dijo Merlín—. Se la devolveré a la Dama del Lago. Algún día, ella se la entregará a Arturo, cuando sea rey. La espada lo ayudará a enfrentar muchos desafíos con valor y sabiduría. Y podrá...

Un extraño ruido que venía del agua, similar al de una sirena, interrumpió a Merlín.

—¿Qué fue eso? —preguntó Jack.

—Ah, sí, aún queda una cosa pendiente —comentó Merlín. Con la espada, señaló la Ensenada de la Costa Tormentosa y, sobre las aguas oscuras, se reflejó una luz, enorme como la de un reflector.

Merlín movió el reflejo de adelante hacia atrás, como si buscara algo.

—Ah, ahí está —dijo.

Cuando la luz alumbró la cabeza gigante de la serpiente marina, sus ojos, como dos focos amarillos, se dirigieron hacia donde estaba Merlín.

—Está muy triste —dijo el mago—. Ya no tiene nada que hacer aquí. La ayudaremos a regresar a su casa, a las aguas de Avalón.

Suavemente, Merlín alzó la espada y, sobre el agua, se proyectó un sendero de luz que iluminó la salida de la ensenada. La serpiente se desplazó hacia allí y desapareció entre las olas oscuras del mar veraniego.

—Ya ha cumplido su misión —comentó Annie.

—Sí. Y *ustedes* también, amigos —dijo Merlín—. Deben regresar a su hogar.

Annie y Jack, iluminados por el reflejo de la espada, caminaron hacia la escalera colgante y subieron a la casa del árbol. Luego, se asomaron a la ventana y observaron a Merlín, parado bajo el resplandor de la Espada de la Luz.

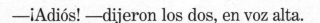

—¡Adiós! —dijeron los dos, en voz alta.

El mago alzó la mano y separó los dedos para despedirse. El gesto de Merlín llamó la atención de Jack, aunque no supo bien por qué.

—Ya vámonos —dijo Annie.

Jack sacó la concha del bolsillo y señaló las palabras *Frog Creek*.

—¡Annie y yo queremos volver a casa! —declaró.

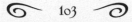

—¡Espera! —exclamó Annie—. ¡Dejamos los zapatos en la playa!

Demasiado tarde.

El viento empezó a soplar.

La casa del árbol comenzó a girar.

Más y más rápido cada vez.

Después, todo quedó en silencio.

Un silencio absoluto.

Jack abrió los ojos. La brisa cálida del verano entró en la casa del árbol. El sol del mediodía brillaba con intensidad. En Frog Creek no había transcurrido el tiempo.

—El Caballero Acuático era Merlín —comentó Jack.

—¿Qué dijiste? —preguntó Annie.

—Cuando se despidió, nos saludó de la misma forma que lo hizo el caballero —añadió Jack—.

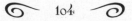

¿No te acuerdas? —Y alzó la mano, imitando el gesto del mago.

—¡Tienes razón! —Annie se echó a reír—. ¿Cómo no me di cuenta? Merlín siempre nos ayuda al principio de cada misión.

—Ahora ya tenemos tres cosas de él —agregó Jack. Y puso la concha de color azul pálido junto a la Invitación Real y la hoja seca. Luego, miró a su hermana.

—¿Vamos a casa? —preguntó.

Annie asintió.

Ambos bajaron por la escalera colgante y, descalzos, empezaron a caminar por el bosque frondoso y húmedo.

—¿Le diremos a mamá que perdimos los zapatos cuando Camelot aún no existía? —preguntó Jack.

—Sí, mientras buscábamos la Espada de la Luz, robada por el Hechicero del Hielo y custodiada por una serpiente marina gigante, a las órdenes de la Dama del Lago —dijo Annie.

—Correcto, así de sencillo —respondió Jack, riendo.

—¿Estás listo para ir a nadar al lago? —preguntó Annie.

De pronto, Jack recordó la emoción que había sentido cuando era foca, nadando velozmente por aguas profundas.

—Sin Kathleen y Teddy ya no será lo mismo. No seremos focas —dijo.

—Juguemos a que lo somos —propuso Annie—. Tenemos que apurarnos, antes de que mamá diga que ya es tarde para ir al lago.

Annie y Jack avanzaron rápidamente pisando las ramas y hojas caídas del bosque, moteado por la intensa luz del mediodía. Bajaron por la calle y, cuando llegaron al jardín, estaban casi sin aire.

—¡Oh, mira! —dijo Annie, señalando hacia el porche.

Junto a la puerta de entrada estaban los zapatos de ambos.

Jack levantó los suyos y, al darles vuelta, cayó

arena blanca y fina, y pequeñas piedras plateadas.

—¿Quién…? ¿Cómo…? —preguntó.

Del cielo vino el chirrido de una gaviota. Los dos miraron hacia arriba y el ave chirrió otra vez. La gaviota fue alejándose hasta desaparecer bajo la suave luz veraniega.

Annie se encogió de hombros.

—Son restos de magia —dijo. Luego, mirando hacia adentro de la casa agregó:

—¡Mamá ya estamos listos!

Nota de la autora

Una vez más, hechos y personajes de antiguos cuentos irlandeses, galeses, escoceses e ingleses han servido como fuente de inspiración para una nueva Misión Merlín. Mientras buscaba información para *El verano de la serpiente marina*, descubrí a los *selkies*, unas criaturas mitológicas que moraban en los golfos y ensenadas de las Islas Británicas. Según la leyenda, los *selkies* eran focas, que al deshacerse de su piel, se convertían en seres humanos. En varios relatos antiguos, las mujeres selkie se casan con pescadores pero,

tarde o temprano, rompen el corazón de su amado, al regresar a la vida marina de las focas.

Muchos cuentos celtas también hablan de caballos marinos que viven en los lagos de Escocia y del legendario Hombre Gris, un gigante barbudo que extiende su manto de niebla sobre las solitarias costas de Irlanda y Escocia.

Las historias de serpientes marinas gigantes son conocidas en todo el mundo, desde la antigua Grecia y Europa, y desde India a Asia. Hace mucho tiempo, cuando el océano era un gran cofre de misterios y encantos, muchos marineros decían haber visto serpientes monstruosas nadando en las profundidades. Es probable que las hayan confundido con calamares gigantes, tortugas marinas o ballenas.

Y, naturalmente, mientras trabajaba en estos libros, nuevamente me sentí inspirada por la historia del rey Arturo y Camelot, que ha sido contada de generación en generación. Por ejemplo, para el puente de la espada de este libro me inspiré en el

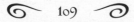

puente del cuento francés, "Lancelot", en el cual el caballero debe cruzar un puente creado por una espada mágica para llegar a la Isla de Cristal.

En muchas versiones de los cuentos de Camelot, Arturo recibe la legendaria espada Excálibur de manos de la Dama del Lago, que vive en la Isla de Avalón. El nombre de la espada viene del latín *chalybs*, que significa "acero". Algunas fuentes indican que Excálibur también era conocida con el nombre de "Espada de la Luz".

Actividades divertidas para Annie, para Jack y para ti

En *El verano de la serpiente marina*, Jack y Annie viajan a una playa para buscar la Espada de la Luz. ¿Alguna vez soñaste con ser transportado a un lugar así? Con imaginación y la siguiente receta para hacer masa de arena, ¡cumplirás tu sueño! Sin salir de tu casa, podrás divertirte construyendo castillos de arena.

Pídele a una persona mayor que te ayude con los pasos de la receta, usando arena de la playa o de una ferretería.

Necesitarás lo siguiente:

- 4 tazas de arena
- 2 tazas de harina de maíz
- 1 cucharada y 1 cucharadita de crémor tártaro
- 3 tazas de agua caliente
- Una olla grande
- Una cuchara de madera
- Papel manteca
- Moldes para arena (opcional)
- Moldes para galletas (opcional)

1. Coloca la arena, la harina de maíz y el crémor tártaro en la olla y mezcla todo.
2. Incorpora agua caliente mientras revuelves con la cuchara de madera.
3. Pon la olla a fuego medio y sigue revolviendo hasta que el agua se absorba y la mezcla quede tan espesa que no se pueda revolver. (Si deseas ablandar la mezcla, agrega más agua caliente; si la quieres más consistente, agrega más harina de maíz).
4. Retira la mezcla del fuego y déjala reposando.
5. Cuando la mezcla esté fría, comienza a amasarla.
6. Con las manos o con los moldes, construye tus castillos de arena.
7. Guarda la masa en un recipiente hermético o, si quieres, déjala al aire libre para que se endurezca con la forma que más te guste.

A continuación un avance de

LA CASA DEL ÁRBOL® #32
MISIÓN MERLÍN

El invierno del Hechicero del Hielo

Jack y Annie completan una
misión para salvar al mago Merlín
y a Morgana le Fay.

CAPÍTULO UNO

Solsticio de invierno

Un viento frío golpeó la ventana. Pero, en la casa, el ambiente era cálido y agradable. Jack y Annie estaban haciendo galletas con su mamá. Jack colocó el molde de galletas sobre la masa e hizo una estrella.

—Miren, está nevando —dijo Annie.

Jack se acercó a la ventana y contempló los enormes copos de nieve, con los últimos reflejos del atardecer.

—¿Quieres ir afuera? —preguntó Annie.

—Mejor no, pronto oscurecerá —respondió él.

—Muy bien —dijo la madre —. Hoy empieza el invierno y es el día más corto del año.

El corazón de Jack se aceleró.

—¿Quieres decir que es el *solsticio de invierno?* —preguntó.

—Sí —contestó su madre.

—¿El solsticio de invierno? —preguntó Annie exaltada.

—Sí... —respondió su madre con intriga.

Annie y Jack se miraron. El verano anterior, el mago Merlín los había convocado en el solsticio de *verano*. ¡Era probable que los necesitara otra vez!

Jack dejó el molde de galletas y se limpió las manos.

—Mamá, sería divertido jugar un rato en la nieve —agregó.

—Como quieran —dijo la madre—. Pero abríguense; yo terminaré con las galletas.

—¡Gracias! —contestó Jack. Él y su hermana corrieron a sus habitaciones en busca de botas para la nieve, chaquetas, bufandas, guantes y gorros.

—Vuelvan antes de que oscurezca —dijo su madre.

—¡Lo haremos! —exclamó Jack.

—¡Adiós, mamá! —gritó Annie.

Los dos salieron de la casa al frío invernal y corrieron por la nieve del jardín en dirección al bosque de Frog Creek.

Cuando llegaron a la entrada de la extensa arboleda, Jack se detuvo. Extasiado, contempló los pinos y abetos cubiertos por la nieve.

—Mira —dijo Annie, señalando dos caminos de huellas que llegaban a la calle y, de allí, al interior del bosque—. Parece que alguien anduvo por aquí.

—Sí, salieron del bosque y volvieron a entrar —comentó Jack—. ¡Apurémonos!

Si la casa del árbol había regresado, no quería que otras personas la encontraran.

Avanzaron rápidamente siguiendo las huellas.

—¡Espera! —dijo Annie. Agarró a su hermano de un brazo y se escondieron detrás de un árbol—. ¡Mira! ¡Allá!

A través de la intensa nieve, Jack divisó a dos personas vestidas con capas oscuras que se acercaban, veloces, a un roble muy alto. Y en la copa, ¡estaba la casa del árbol!

—¡Oh, no! —exclamó Jack.

¡La casa del árbol había *vuelto!* ¡Pero alguien la había encontrado primero!

—¡Oigan! —gritó él—. ¡Deténganse! —La casa del árbol estaba esperándolos a él y a su hermana, ¡a nadie más!

Jack empezó a correr y Annie lo siguió. Jack resbaló y se cayó en la nieve pero, en seguida, se puso de pie y siguió corriendo. Cuando llegaron al roble, los dos extraños ya habían subido por la escalera colgante.

—¡Salgan de ahí! —vociferó Jack.

—¡La casa del árbol es *nuestra!* —gritó Annie.

Por la ventana, se asomaron una niña y un niño. Ambos parecían más o menos de trece años. El niño, de rostro pecoso, tenía el pelo todo enmarañado.

Los ojos de la niña eran azules como el mar y el cabello negro y ondulado. Ambos tenían las mejillas rojas por el frío. Al ver a Annie y a Jack, sonrieron.

—¡Excelente! —exclamó el niño—. Vinimos a buscarlos, pero ustedes nos han encontrado.

—¡Teddy! —gritó Annie—. ¡Hola, Kathleen!

Teddy era un joven mago que trabajaba en la biblioteca de Morgana, en Camelot. Kathleen era una encantadora niña selkie que, para ayudar a Annie y a Jack, los había convertido en foca en el solsticio de verano.

Jack no salía del asombro. Jamás había imaginado que sus dos amigos de Camelot visitarían algún día Frog Creek.

—¿Qué hacen ustedes dos aquí? —gritó.

—Sube y te diremos —contestó Teddy.

Annie y Jack subieron rápidamente por la escalera colgante. Cuando entraron en la pequeña casa de madera, Annie abrazó a sus amigos.

—¡No puedo creer que hayan venido a visitarnos! —dijo.

—El placer es mío, Annie —contestó Kathleen—. También estoy feliz de verte a ti, Jack.

—Los enormes ojos azules de la niña selkie brillaron como dos luceros.

—Yo también me alegro de verte —respondió Jack, tímidamente. Kathleen seguía siendo la niña más hermosa que había visto en la vida. Incluso dentro de su piel de foca, se veía bellísima.

—Estábamos buscándolos a ustedes —explicó Teddy—. Atravesamos el bosque y llegamos a una calle.

—¡Pero estaba llena de monstruos! —dijo Kathleen—. ¡Una criatura gigante, de color rojo, casi nos pasa por encima! ¡Y para que nos apartáramos, hizo un ruido espantoso!

—Después, apareció otro monstruo negro que se tiró sobre nosotros. Y otra vez... ¡ese horroroso gruñido! —añadió Teddy—. Tuvimos que volver al bosque para calmarnos y pensar qué hacer.

—¡Esos no eran monstruos! —respondió Annie muerta de risa—. ¡Eran autos!

—¿Autos? —preguntó Teddy.

—Sí, funcionan a motor y los maneja la gente —explicó Jack.

—¿Motor? —preguntó Teddy.

—Es difícil de explicar —dijo Annie—. Sólo recuerden esto: en nuestro mundo, para cruzar la calle, hay que mirar a ambos lados.

—Así lo haremos —respondió Teddy.

—¿Por qué vinieron? —preguntó Jack.

—Encontramos un mensaje para ustedes en la alcoba de Merlín y decidimos entregarlo nosotros mismos.

—Salimos de la biblioteca de Morgana y subimos a la casa del árbol —dijo Kathleen—. Teddy señaló las palabras *Frog Creek* en el mensaje y pidió venir aquí. Casi sin darnos cuenta, llegamos al bosque.

Teddy sacó una pequeña piedra gris del bolsillo de su capa.

—Y éste es el mensaje que les hemos traído —dijo.

Jack agarró la piedra.

El texto estaba escrito en letra pequeña. Jack leyó en voz alta:

Para Annie y Jack, de Frog Creek:
Mi Báculo de la Fuerza ha desaparecido.
Para recuperarlo, deberán ir a
"Detrás de las nubes" en el solsticio
de invierno. Viajen hacia la puesta de sol
y traigan mi báculo, o todo se perderá
para siempre.
Merlín

—¡Uau! —exclamó Annie—. Eso parece bastante serio.

—Sí —añadió Jack—. Pero, ¿por qué Merlín no nos dio el mensaje personalmente?

—No lo sabemos —dijo Teddy—. Hace días que no lo vemos ni a él ni a Morgana.

—¿Adónde fueron? —preguntó Annie.

—Es un misterio —contestó Teddy—. La semana pasada viajé a la ensenada selkie para llevar a Kathleen a Camelot. Ella será asistente en la biblioteca de Morgana. Pero cuando regresamos, no encontramos a ninguno de los dos.

—Sólo encontramos el mensaje para ustedes —dijo Kathleen.

—Y a mí se me ocurrió que, a su regreso, Merlín estaría muy agradecido de reencontrarse con su báculo. Gran parte de su poder viene de la antigua y misteriosa magia de su bastón —explicó Teddy.

—¡Uau! —exclamó Annie.

—En este mensaje, Merlín nos dice que viajemos a "Detrás de las nubes" —dijo Jack—. ¿Dónde queda eso?

—Queda muy al norte de nuestra ensenada —contestó Kathleen—. Jamás llegué hasta allí.

—Yo tampoco —agregó Teddy—. Pero en la biblioteca de Morgana leí algo acerca del lugar. Es un desierto sombrío y congelado. No veo la hora de ir a conocerlo.

—¿Entonces tú y Kathleen vendrán con nosotros? —preguntó Annie.

—¡Así es! —confirmó Kathleen.

—¡Fantástico! —dijeron Annie y Jack a la vez.

—Si nos unimos, lograremos cualquier cosa —dijo Teddy.

—¡Sí! —exclamó Annie.

"Espero que sí", pensó Jack.

Annie señaló las palabras *"Detrás de las nubes"*.

—Bueno, ¿están listos? —preguntó.

—¡Sí! —respondió Kathleen.

—Creo que sí —contestó Jack.

—¡Adelante! —exclamó Teddy.

—¡Queremos ir a este lugar! —dijo Annie.

La casa del árbol empezó a girar.

Más y más rápido cada vez.

Después, todo quedó en silencio.

Un silencio absoluto.

Mary Pope Osborne

Es autora de numerosas novelas, libros de cuentos ilustrados, historias en serie y libros de no ficción. Su colección más vendida, La casa del árbol, ha sido traducida a varios idiomas. Estas aventuras, muy recomendadas por padres, educadores y ¡niños!, permiten a los lectores más pequeños conocer culturas y distintos períodos de la historia y, también, el legado de los mitos antiguos y de los cuentos transmitidos a través de los años. Mary Pope Osborne y su esposo, el escritor Will Osborne, viven en Connecticut.

Los Osborne te invitan a visitar sus páginas web: marypopeosborne.com y MTHmusical.com.

Sal Murdocca es reconocido por su sorprendente trabajo en la colección La casa del árbol. Ha escrito e ilustrado más de doscientos libros para niños, entre ellos, *Dancing Granny,* de Elizabeth Winthrop, *Double Trouble in Walla Walla,* de Andrew Clements y *Big Numbers,* de Edward Packard. El señor Murdocca enseñó narrativa e ilustración en el Parsons School of Design, en Nueva York. Es el libretista de una ópera para niños y, recientemente, terminó su segundo cortometraje. Sal Murdocca es un ávido corredor, excursionista y ciclista. Ha recorrido Europa en bicicleta y ha expuesto pinturas de estos viajes en numerosas muestras unipersonales. Vive y trabaja con su esposa Nancy en New City, en Nueva York.

Annie y Jack emprenden una nueva
aventura en tierras frías y misteriosas, donde
los espera el tenebroso Hechicero del Hielo
para pedirles algo imposible.

LA CASA DEL ÁRBOL #32
MISIÓN MERLÍN

El invierno del
Hechicero del Hielo

La casa del árbol #29
Navidad en Camelot

Annie y Jack reciben una invitación del mago
Merlín, para pasar la Navidad en el reino de Camelot
junto al rey Arturo y sus caballeros.

La casa del árbol #30
Un castillo embrujado en la noche de Halloween

Annie y Jack entran en un castillo embrujado con túneles
peligrosos y fantasmas. Necesitan armarse de mucho
valor, sobre todo para enfrentar al temible Rey Cuervo.